どっどど どどうど 雨《あめ》ニモマケズ

宮《みや》沢《ざわ》賢《けん》治《じ》

子ども版 声に出して読みたい日本語 1

齋《さい》藤《とう》孝《たかし》／編

下田昌克／絵

『報告《ほうこく》』

さっき火事《かじ》だとさわぎましたのは
虹《にじ》でございました
もう一時間《いちじかん》もつづいて
りんと張《は》って居《お》ります

『風《かぜ》の又《また》三郎《さぶろう》』

※ひとつしかない教室《きょうしつ》で一年生から六年生がいっしょに勉強《べんきょう》する谷あいの小さな学校に、転校生《てんこうせい》の三郎《さぶろう》がやってくるところです。

どっどど　どどうど　どどうど　どどう、
青《あお》いくるみも吹《ふ》きとばせ
すっぱいかりんもふきとばせ
どっどど　どどうど　どどうど　どどう

『雨《あめ》ニモマケズ』

※宮沢賢治《みやざわけんじ》が死んだあとに手帳《てちょう》からみつかった賢治じしんのいのりのことばです。（文中《ぶんちゅう》にある「四合《よんごう》」は「しごう」とも読みます）

雨《あめ》ニモマケズ
風《かぜ》ニモマケズ
雪《ゆき》ニモ夏《なつ》ノ暑《あつ》サニモマケヌ
丈夫《じょうぶ》ナカラダヲモチ
慾《よく》ハ《は》ナク
決《けっ》シテ瞋《いか》ラズ
イツモシヅ《ず》カニワラッテヰ《い》ル

一《いち》日《にち》ニ玄《げん》米《まい》四《よん》合《ごう》ト
味《み》噌《そ》ト少《すこ》シノ野《や》菜《さい》ヲタベ
アラユルコトヲ
ジブンヲカンジョウニ入《い》レズニ
ヨクミキキシワカリ
ソシテワスレズ
野《の》原《はら》ノ松《まつ》ノ林《はやし》ノ蔭《かげ》ノ
小《ちい》サナ萱《かや》ブキノ小《こ》屋《や》ニヰ《い》テ

東《ひがし》ニ病気《びょうき》ノコドモアレバ
行《い》ッテ看病《かんびょう》シテヤリ
西《にし》ニツカレタ母《はは》アレバ
行《い》ッテソノ稲《いね》ノ束《たば》ヲ負《お》ヒ
南《みなみ》ニ死《し》ニサウ《そ》ナ人《ひと》アレバ
行《い》ッテコハ《わ》ガラナクテモイイトイヒ《い》
北《きた》ニケンクヮ《（か）》ヤソショウガアレバ
ツマラナイカラヤメロトイヒ《い》

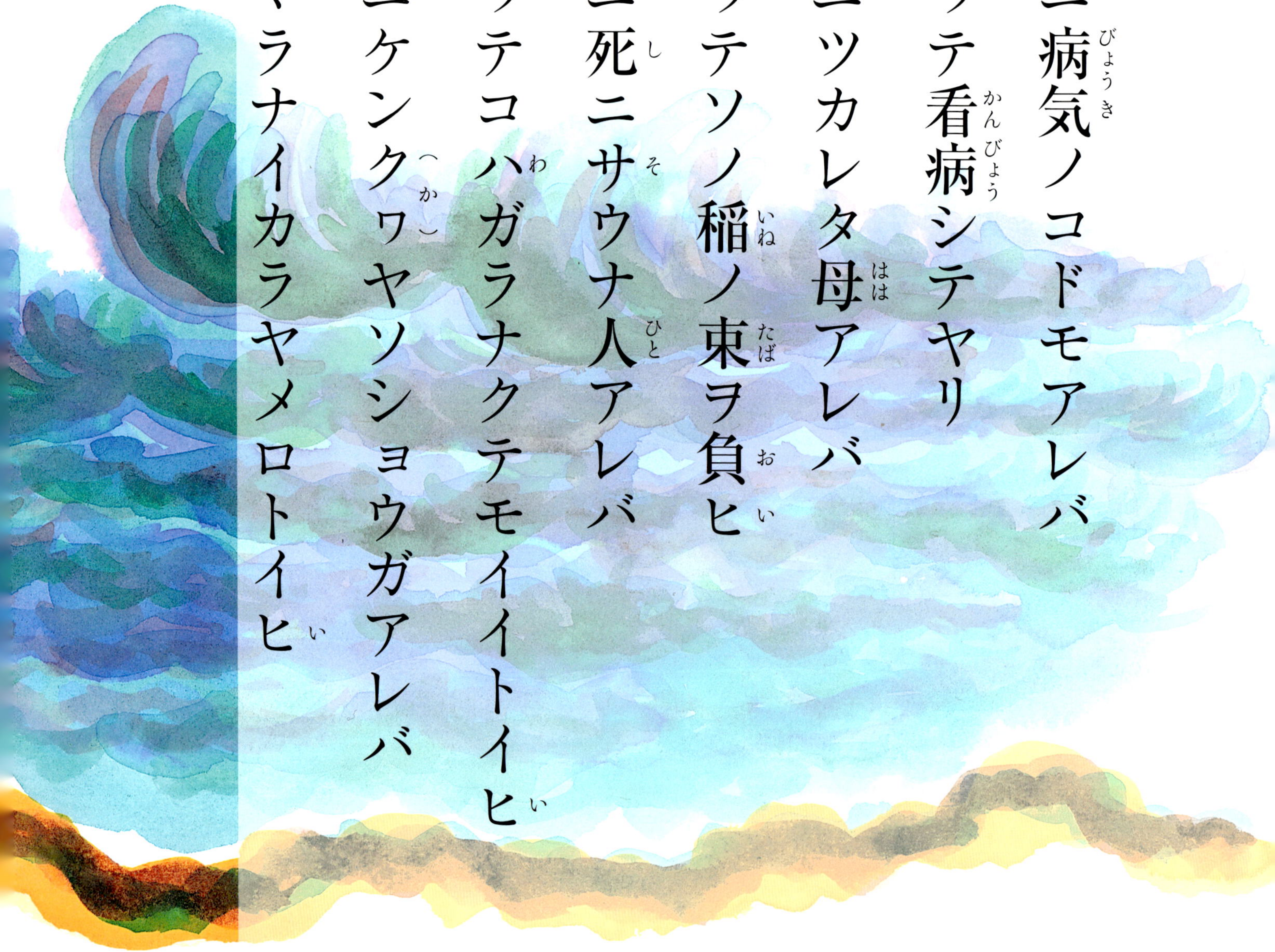

ヒデリノトキハ《は》ナミダヲナガシ
サムサノナツハ《は》オロオロアルキ
ミンナニデクノボートヨバレ
ホメラレモセズ
クニモサレズ
サ《そ》ウイフ《う》モノニ
ワタシハ《は》ナリタイ

『永訣《えいけつ》の朝《あさ》』

※賢治は、病気《びょうき》で死にそうな妹《いもうと》のトシ子に、雪をとってきて、とたのまれます。これは、この長《なが》い詩《し》の一部《いちぶ》です。この詩の最後《さいご》で賢治は、この雪が天上《てんじょう》のアイスクリームになって、みんなのたべものになることを、「わたくしのすべてのさいわいをかけてねがう」と祈《いの》っています。

けふ《きょう》のうちに
とほ《お》くへいってしまふ《う》わたくしのいもうとよ
みぞれがふっておもてはへんにあかるいのだ
（あめゆじゅとてちてけんじゃ）
（雪《ゆき》をとってきてください）

ああとし子《こ》
死《し》ぬといふ《う》いまごろになって
わたくしをいっしゃう《よ》あかるくするために
こんなさっぱりした雪《ゆき》のひとわんを
おまへ《え》はわたくしにたのんだのだ
ありがたう《と》わたくしのけなげないもうとよ
わたくしもまっすぐにすすんでいくから
（あめゆじゅとてちてけんじゃ）
（雪《ゆき》をとってきてください）

『銀《ぎん》河《が》鉄《てつ》道《どう》の夜《よる》』

※貧《まず》しい家の子のジョバンニが、丘《おか》の上でひとり夜空を見上げていると、列車《れっしゃ》が到着《とうちゃく》します。乗りこむと、そこには親友《しんゆう》のカムパネルラがいました。そこでジョバンニがカムパネルラに話しかけているところです。

「カム《ン》パネルラ、
また僕《ぼく》たち二人《ふたり》きりになったねえ、
どこまでもどこまでも
一緒《いっしょ》に行《い》か《こ》う。

僕《ぼく》はもう
あのさそりのやう《よ》にほんたう《と》に
みんなの幸《さいわい》のためならば
僕《ぼく》のからだなんか
百《ひゃっ》ぺん灼《や》いてもかまは《わ》ない。」
「うん。僕《ぼく》だってさう《そ》だ。」
カム《ン》パネルラの眼《め》には
きれいな涙《なみだ》がうかんでゐ《い》ました。

『かしは《わ》ばやしの夜《よる》』

※農夫《のうふ》の清作《せいさく》とごきげんのわるい柏の木の大王との仲《なか》をとりもつために、大王に招待《しょうたい》されたという絵かきが自分で歌をつくってうたうところです。

「またはじまった。まあぼくがい〜《い》や《よ》うにするから
歌《うた》をはじめよう。だんだん星《ほし》も出《で》てきた。
い〜《い》か、ぼくがうたふ《う》よ。賞品《しょうひん》のうただよ。
一《いっ》とうしやう《しょう》は　白金《はくきん》メタル
二《に》とうしやう《しょう》は　きんいろメタル
三《さん》とうしやう《しょう》は　すゐ《い》ぎんメタル
四《し》とうしやう《しょう》は　ニッケルメタル
五《ご》とうしやう《しょう》は　とたんのメタル

六《ろく》とうしやう《（しょう）》は　にせがねメタル
七《しち》とうしやう《（しょう）》は　なまりのメタル
八《はっ》とうしやう《（しょう）》は　ぶりきのメタル
九《く》とうしやう《（しょう）》は　マッチのメタル
十《じっ》とうしやう《（しょう）》から百《ひゃく》とうしやう《（しょう）》まで
あるやら　ないやら　わからぬメタル。」

柏《かしわ》の木《き》大王《だいおう》が機嫌《きげん》を直《なお》して
わははわははははと笑《わら》ひ《い》ました。
柏《かしわ》の木《き》どもは大王《だいおう》を正面《しょうめん》に
大《おお》きな環《わ》をつくりました。

『高《こう》原《げん》』

※「海だろうと、おらは思ったが、やっぱり光る山だった。髪の毛に風が吹けば、鹿踊《ししおど》りのまつりのようだ」（山がきらきら光っている。風がふいて心がわくわくする。）

海《うみ》だべがど　おら　おもたれば
やっぱり光《ひか》る山《やま》だたぢ《じ》ゃい
ホウ
髪《かみ》毛《け》　風《かぜ》吹《ふ》けば
鹿《しし》踊《おど》りだぢ《じ》ゃい

『どんぐりと山猫《やまねこ》』

をかしなはがきが、ある土曜日《どようび》の夕《ゆう》がた、一郎《いちろう》のうちにきました。

かねた一郎《いちろう》さま　九月十九日《くがつじゅうくにち》
あなたは、ごきげんよろしいほで、けっこです。
あした、めんどなさいばんしますから、おいでんなさい。とびどぐもたないでくなさい。
山《やま》ねこ　拝《はい》

こんなのです。字《じ》はまるでへたで、墨《すみ》もがさがさして指《ゆび》につくくらゐ《い》でした。けれども一郎《いちろう》はうれしくてうれしくてたまりませんでした。はがきをそっと学校《がっこう》のかばんにしまって、うちぢ《じ》ゅうとんだりはねたりしました。

※だれがえらいかという、どんぐりどうしの言いあらそいがおこります。そこで判事《はんじ》の山ねこが、相談《そうだん》にのってもらうために一郎《いちろう》を呼んだときのはがきです。じっさいに書いたのは、山ねこではなく、山ねこが乗っている馬車《ばしゃ》の運転手《うんてんしゅ》です。

『雪渡《ゆきわた》り』

みんなは足《あし》ぶみをして歌《うた》ひ《い》ました。
キックキックトントンキックキックトントン
凍《し》み雪《ゆき》しんこ、堅雪《かたゆき》かんこ、
　野原《のはら》のまんぢ《じ》ゅうはぽっぽっぽ
酔《よ》ってひょろひょろ太《た》右衛《え》門《もん》が
　去年《きょねん》、三十八《さんじゅうはち》たべた。
キックキックキックキックトントントン

キックキックトントン、
キックキックトントン。
「ひるはカンカン日《ひ》のひかり
よるはツンツン月《つき》あかり、
たとへ《え》からだを、さかれても
狐《きつね》の生徒《せいと》はうそ云《い》ふ《う》な。」
キック、キックトントン、
キックキックトントン。

※かん子と兄の四郎《しろう》が山に行くとちゅうで、子ぎつねたちに出会い、雪をふみしめ音をならしてあそびはじめました。

『セロ弾《ひ》きのゴーシュ』

セロ弾《ひ》きは何《なん》と思《おも》ったか　まづ《ず》はんけち《ハンケチ》を引《ひ》きさいてじぶんの耳《みみ》の穴《あな》へぎっしりつめました。それからまるで嵐《あらし》のや《よ》うな勢《いきおい》で「印度《インド》の虎狩《とらがり》」といふ《う》譜《ふ》を弾《ひ》きはじめました。

※ゴーシュがチェロのれんしゅうをしているところに、三毛猫《みけねこ》があそびにきました。ネコはトロメライ（トロイメライ）というロマンチックな曲《きょく》をおねがいしますが、ゴーシュはネコをびっくりさせようと、はげしい曲をひきはじめました。

すると猫《ねこ》はしばらく首《くび》をまげて聞《き》いてゐ《い》ましたがいきなりパチパチパチッと眼《め》をしたかと思ふ《おもう》とぱっと扉《と》の方《ほう》へ飛《と》びのきました。そしていきなりどんと扉《と》へからだをぶっつけましたが扉《と》はあきませんでした。猫《ねこ》はさあこれはもう一生一代《いっしょういちだい》の失敗《しっぱい》をしたといふ風《ふう》にあわてだして眼《め》や額《ひたい》からぱちぱち火花《ひばな》を出《だ》しました。

『生徒諸君《せいとしょくん》に寄《よ》せる』

この四ケ年《よんかねん》が
わたくしにどんなに楽《たの》しかったか
わたくしは毎日《まいにち》を
鳥《とり》のやうに教室《きょうしつ》でうたってくらした
誓《ちか》って云ふ《いう》が
わたくしはこの仕事《しごと》で
疲《つか》れをおぼえたことはない

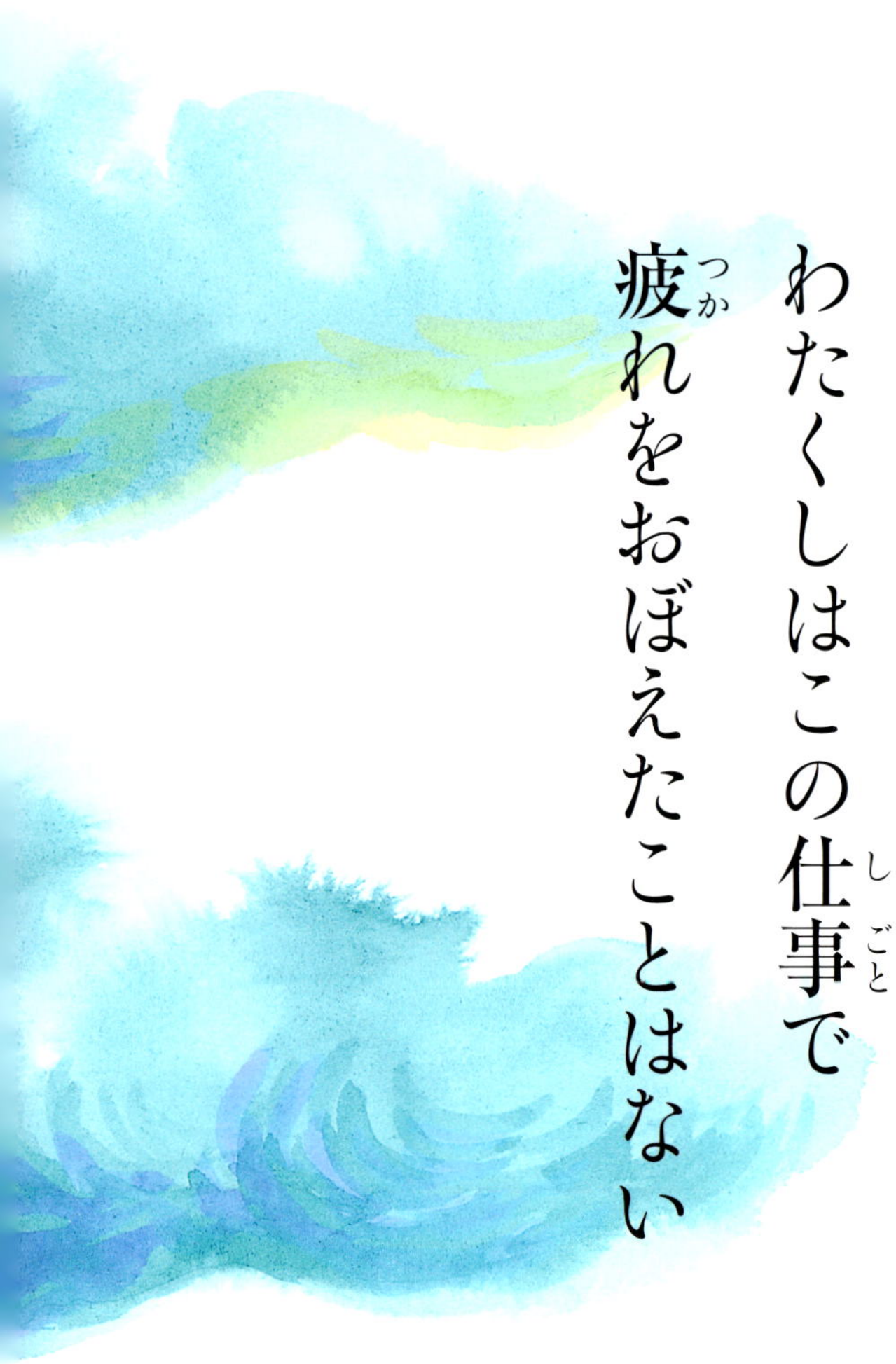

※賢治は四年間《よねんかん》、花巻農学校《はなまきのうがっこう》という学校の先生をしていました。そこをやめるころに書《か》いたものですが、発表《はっぴょう》はされませんでした。

音読で賢治のリズムをからだに入れてみよう

私は宮沢賢治が大好きだ。『宮沢賢治という身体』という本まで書いてしまったほどだ。この本のなかで、「宮沢賢治は地水火風の達人だ」と書いた。地には、どろどろの大地から宝石までいろいろなものがある。火にしても、サソリの火や『よだかの星』の燃える星など、じつにいろいろな火が賢治の文章には出てくる。自然が宮沢賢治のからだの中に一度入って言葉となって吹きだしてくる。そんな感じだ。

宮沢賢治は、風の中を歩くのが好きだった。大股《おおまた》でぐんぐん歩いていく。すると、風景がどんどん過ぎ去っていく。歩きながら心の眼に映った風景を手帳に書きとめていく。それが心象《しんしょう》スケッチという手法だ。

実際に風の中で作られた詩も多い。だから、賢治の言葉には風が吹いているさわやかさがある。岩手の大地を愛しつづけた。その愛が作品のすみずみにまでゆきわたって、言葉を生き物にしている。

人間にとって本当に大切なものは何か。どのように生きるべきか。この大きな問題を賢治は正面から受けとめて生きた。妹のトシ子が死んでしまったことも、賢治にとって大きな出来事だった。トシ子は賢治をもっともよく理解していた。その最愛の妹を失った哀《かな》しみが、『銀河鉄道の夜』には色濃くにじんでいる。賢治の深い悲しみは、作品の中で透明な哀しみになっている。

宮沢賢治の魅力はまじめさばかりではない。ユーモア感覚が抜群だ。冒頭にかかげた虹を報告する二行の詩（『報告』）などは、ユーモア感覚にあふれている。大まじめな感じでとぼけたことを言っているのがおもしろい。

擬音語《ぎおんご》や擬態語《ぎたいご》がうまいのも、賢治の特徴だ。『雪渡り』の「キックキックトントン」などは、雪を踏みならす音が楽しく表現されている。言葉のテンポやリズムも最高だ。

だから賢治の文章は声に出して読むと、いっそう味わい深くなる。読んでいて、こちらのからだに賢治のからだが乗り移ってくるようだ。賢治は散歩をしているときに、ときどき「ほっほー」と叫んで飛び上がったそうだ。この本の最後にとりあげた、花巻農学校の教師をやめるころに書いた言葉のなかに、「鳥のように……うたってくらした」とある（『生徒諸君に寄せる』）。賢治の言葉は、鳥の歌のように、生きたリズムに満ちている。

2004年7月　齋藤　孝

宮沢賢治（みやざわ・けんじ）
１８９６（明治29）年、岩手県花巻市に生まれる。県立盛岡中学を経て、盛岡高等農林学校卒。幼いころから宗教に親しみ、植物や鉱物採集に熱中し、短歌も数多く作る。１９２１（大正10）年、上京して日蓮宗の伝道に携わるかたわら、詩や童話を創作。半年ほどで妹の発病のため帰郷。以後、4年間、花巻農学校教諭を務め、創作と農業指導に献身。１９２４（大正13）年、「春と修羅」「注文の多い料理店」を自費出版。多くの童話、詩、短歌、評論を残したが、ほとんど認められることなく37歳で夭折。没後、その人格と芸術への評価が高まり、数多くの詩集・童話が刊行された。

齋藤孝（さいとう・たかし）
１９６０年、静岡生まれ。東京大学法学部卒業。同大学大学院教育学研究科博士課程を経て、現在、明治大学文学部教授。専攻は教育学、身体論、コミュニケーション論。「宮沢賢治という身体」で宮沢賢治賞奨励賞、「身体感覚を取り戻す」で新潮学芸賞受賞。「声に出して読みたい日本語」（毎日出版文化賞特別賞）「声に出して読みたい日本語第2巻・第3巻」が合わせて２００万部を超えるベストセラーとなり、以降、「理想の国語教科書」「日本語ドリル」「からだを揺さぶる英語入門」「ちびまる子ちゃんの音読暗誦教室」「呼吸入門」「おっと合点承知之助」「えんにち奇想天外」「CDブック　声に出して読みたい日本語」「CDブック　声に出して読みたい方言」など次々と刊行する。また、NHK教育テレビ「にほんごであそぼ」の企画監修をするなど常に斬新な問題提起を行っている。子どものための私塾「齋藤メソッド」についてはhttp://www.kisc.meiji.ac.jp/~saito/

下田昌克（しもだ・まさかつ）
１９６７年、兵庫県生まれ。イラストレーター。イラストのほかに、立体、コラージュなどの作品を数多く発表。著書に絵本「そらのいろ　みずいろ」（小峰書店）、2年間の旅行の日記と絵をまとめた「ＰＲＩＶＡＴＥ ＷＯＲＬＤ」（山と渓谷社）がある。

【子ども版　声に出して読みたい日本語 1】どっどど どどうど 雨ニモマケズ（宮沢賢治）

2004年8月6日 第1刷発行
2004年9月3日 第2刷発行

編著　齋藤 孝
アートディレクション＋デザイン　前橋隆道
イラストレーション　下田昌克

発行者　木谷東男
発行所　株式会社 草思社　〒151-0051　東京都渋谷区千駄ヶ谷2-33-8
電話　営業 03（3470）6565　編集 03（3470）6566
振替　00170-9-23552
印刷　錦明印刷株式会社
製本　大口製本印刷株式会社
ISBN 4-7942-1330-1 Printed in Japan